U0017321

2087年的時候

文·圖

蔡銀娟

高雄市政府文化局
Bureau of Cultural Affairs Kaohsiung City Government

聯經出版

出版者的話

關於高雄文繪本 以及《2087年的時候》

　　《2087年時候》以一位領養母親的觀點緩緩道出自我的掙扎，對被領養的孩子真切的情感也自然流露。蔡銀娟導演的自問自答化為詩句，寫成一封給孩子的信，期望有天能傳達給孩子。這些自白透過一幅幅油畫、濃烈的色彩呈現，讓人不禁動容，這不僅僅是繪本，更像是一幕幕精心安排的電影畫面，訴說超越藝術形式的社會關懷——愛。

　　《2087年時候》中的母親袒露內心的不安與焦慮、同時不斷自我譴責，真實地展現身為養母可能經歷的挫折，然而失落終究會有被安放的一天，藉由閱讀蔡銀娟導演的「跋」便可瞥見一線曙光，心理上的脆弱、瑕疵並不可恥，更重要的，是懂得與內心的黑暗和平共處。在收出養的路上你並不孤獨，淚水拭去後你更需適時地堅強起來，成為孩子感到安心的毛毯，只要孩子與父母都能相互理解與支持，就能有勇氣面對心中的憂慮，相視而笑的情景不再遙遠。

　　「遊・繪本」系列圖文書自2011年誕生後，便秉持對大高雄這塊土地人事物感懷的精神以作為每一本繪本的核心理念。此次高雄文化局很榮幸能夠出版蔡銀娟導演最新力作《2087年的時候》，讓「遊・繪本」系列得以走出高雄，為全臺灣甚至世界皆存在的收出養議題盡一份心力。領養背後歷程起伏曲折，而閱讀讓人們懂得理解、包容、學會想像、創造、自我懷疑、進而成長，願讀者們能從《2087年的時候》獲得啟發、拾得觀察社會角落與同感他人的處境的能力、發揮最深刻的世界關懷心。

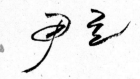

推薦序

最動人的母親獨白

徐玫怡

《2087 年的時候》是一份媽媽為孩子做的創作，它不是一般可愛或甜美的故事本，而是全盤托出母親對孩子生命牽絆的繪本。作者銀娟以深沈憂鬱的畫風，把一頁一頁的繪本圖畫當成單幅藝術作品來創作。純直的話語，道出母親反覆的思慮，想像未來的某一年，孩子老了，她心裡想什麼？她一生風景如何？

翻頁之間如影片剪輯一般，在生命嘆息的時候，留下彷彿是無聲的遠景畫面讓人沈思咀嚼。

繪本一開始，毫無遮掩的直指老、死，亦不避諱的說出與女兒的領養關係，沒有血緣的親情依然充滿日日親密養育的母親內心深深的憂慮。

我看見一個藝術性格強烈的母親，在領養孩子之後發現自己在大量母愛中矛盾著，告訴自己要當個慷慨的、給予孩子自由選擇的母親，卻隱隱擔心孩子總有一天在血緣的呼喚中回到生母的身邊。但另一面又看見孩子表現出像自己的那一面 — 喜歡畫圖、閱讀、甚至跟自己一樣喜愛電影，如果孩子成長得太像自己，又擔心

女兒在未來的世界會不會跟自己一樣落入不穩
定的人生⋯⋯

　　母親帶著幼小孩子一口一口餵食、一步一步
學習走路，幫孩子洗澡、帶孩子散步，養育過
程中全然的接下孩子成長的訊息，當然也無法
停止對孩子未來的想像，即使是無血緣的領養
關係，仍一樣放不下心！ 2087 還有好久好久
才會到來的那一天，母親暗暗的想著想著⋯⋯

　　寫給女兒的話語，像是給孩子的叮嚀又像是
安慰，繪本文字裡有如自語的文字亦展現了對
世界發展的關懷之心。

　　透過圖畫，瘦骨嶙峋的女性身體，似乎想對孩子說，生命是一個榨乾自己的過程，
榨乾形體，是為了豐富生命，孩子你別怕老去，媽媽我也無須擔心失去，在我們熱
愛生命豐富世界之後，2087 你我都將會得到祝福。

　　銀娟有多樣的工作經驗，使她對事物的看法帶著自己獨特的觀察，透過編劇或電
影創作展現對社會的關懷。不過，對我來說，正在養育幼兒長大的母親能扛起電影
工作是一件非常不簡單的事情，編劇與導演兩項工作可以說是浩大的創作工程，這
令人看見母親所展現才華與做大事的膽識。

　　繪本應該是她多樣創作中的小品，小品是雖不如電影浩大，卻是最清晰的母親的
獨白。

獻給　我的孩子

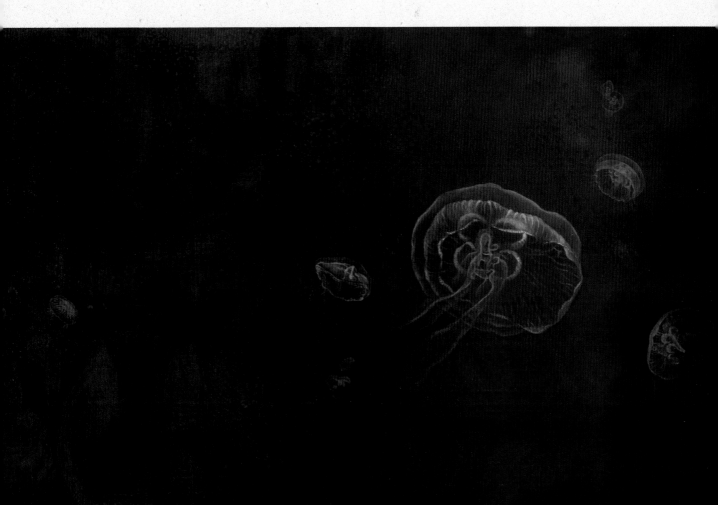

2087 年的時候，

世界會是什麼樣子？

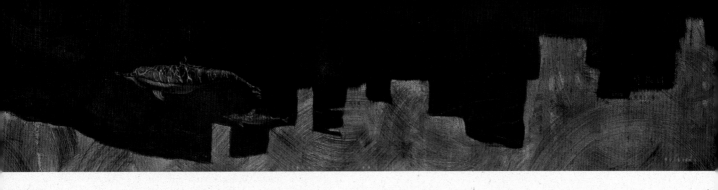

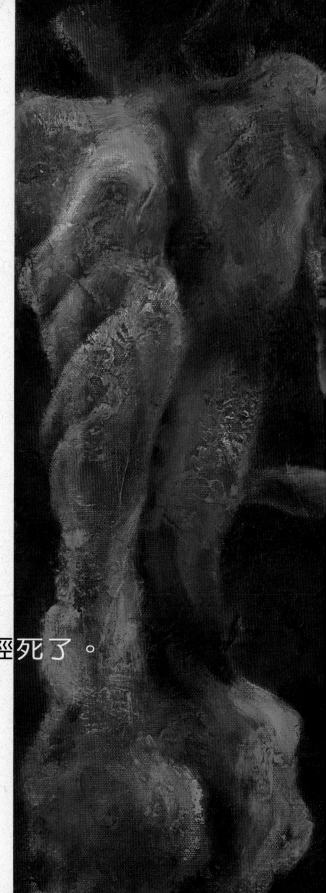

如果一切順利的話，

　　你已經老了，

　　　　而我已經死了。

北極的冰山，
是否已經消失了？

我最喜歡的北極熊，
是否還沒絕種？

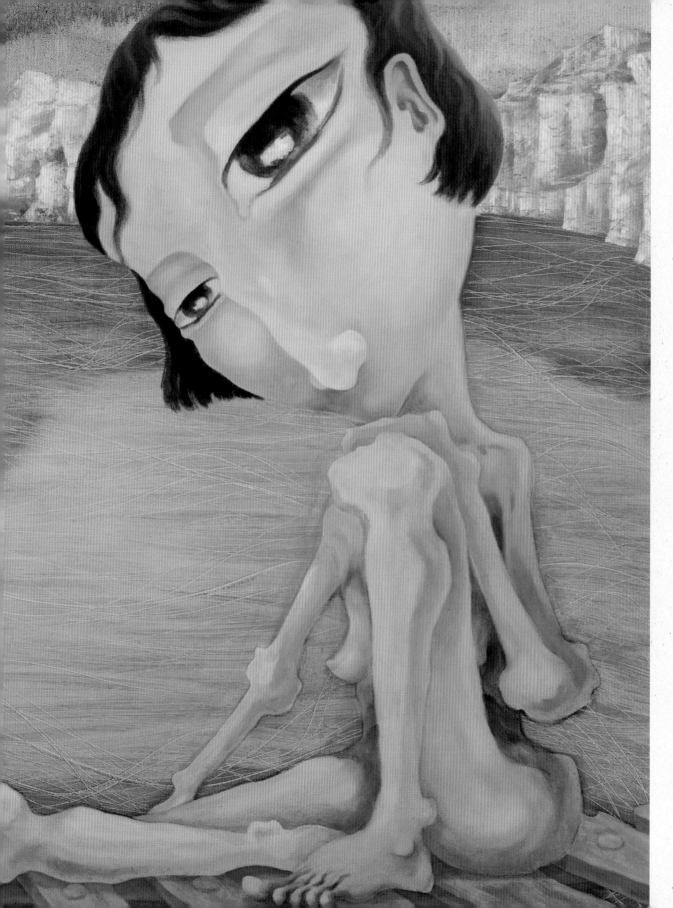

我好想知道，
孩子，你跟你所愛的人們，
日子過得幸福嗎？

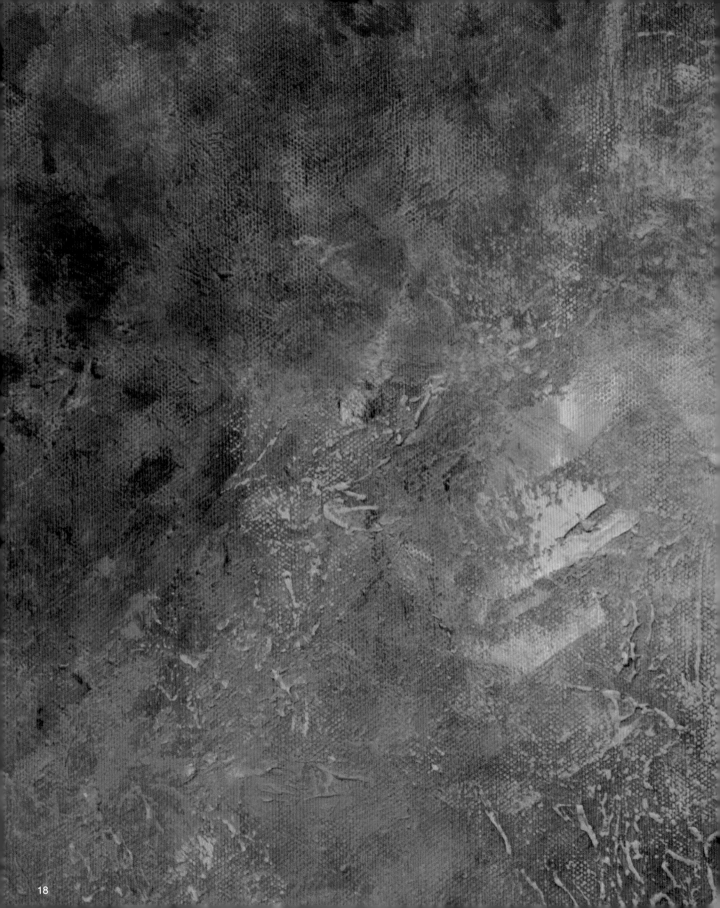

如果沒有意外的話，

80 歲的你，

臉頰凹陷，滿臉皺紋。

但也許
當你入睡的時候，
仍會抿著嘴唇，
就跟現在可愛的睡姿一樣。

車上的音樂 越 來 越 小 聲，

爸爸在開車，

　　你睡在 2007 年的高速公路上，

而我在後座，
迎著窗外的強風，
想像著
80 歲的你。

有誰能告訴我，

這 80 年間即將發生的故事？

你會喜歡畫畫，
還是喜歡唱歌？

會是個叛逆逃學的孩子、
還是會成為一個
在美國教書的理化教授？

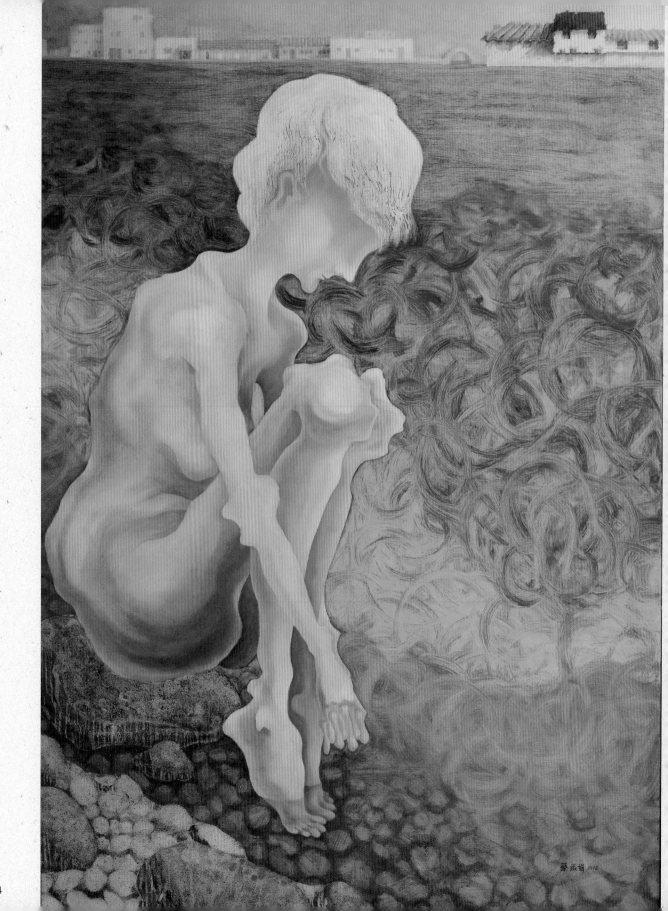

你會愛我嗎？

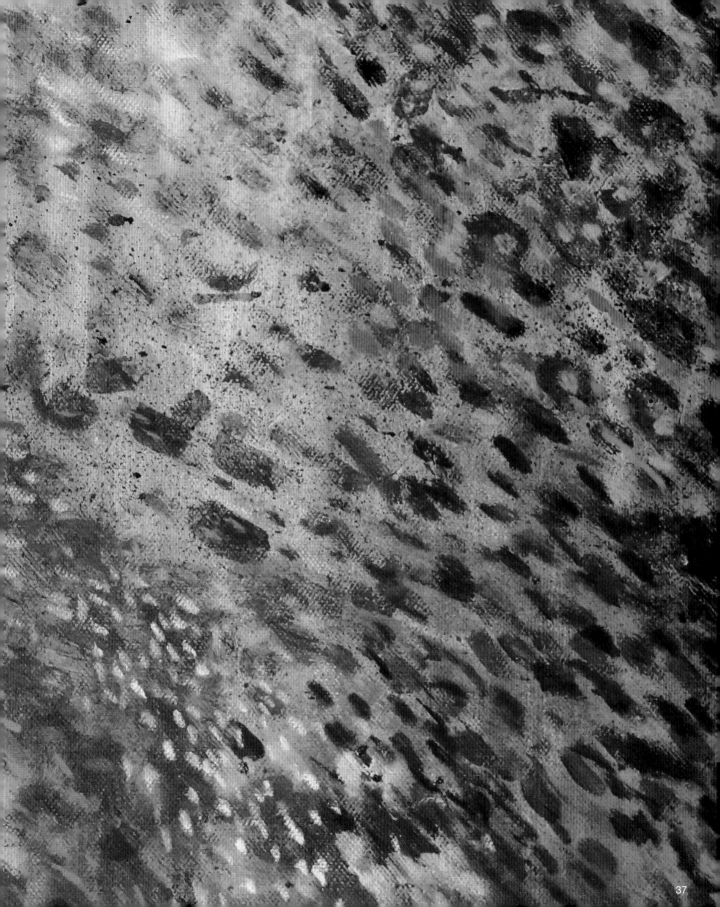

我知道我不該害怕，
每當我看見你長得不像我，
而像你的生母時。

我知道我不該擔憂，
當你終於知道身世的時候。

我知道我不可以憤怒，
當人們斷定血濃於水的時候。

我　知　道

我 不 可 以

親愛的寶貝，
你會平安長大嗎？

你的事業是否會成功
還是會跟我一樣載浮載沉？

你的情人會珍惜你
還是會傷害你？

當你 36 歲的時候，
會在做什麼？

當我 36 歲的時候，

你走入我的生命。

我不知道自己是否
已經做好了準備，
當我把你抱在懷裡的時候。

這個世界上，

每天都會有枯萎的花朵

自枝頭墜落，

每夜都會有墜落的流星

從天空劃過

每小時都會有
　　搶劫、凶殺、戰爭

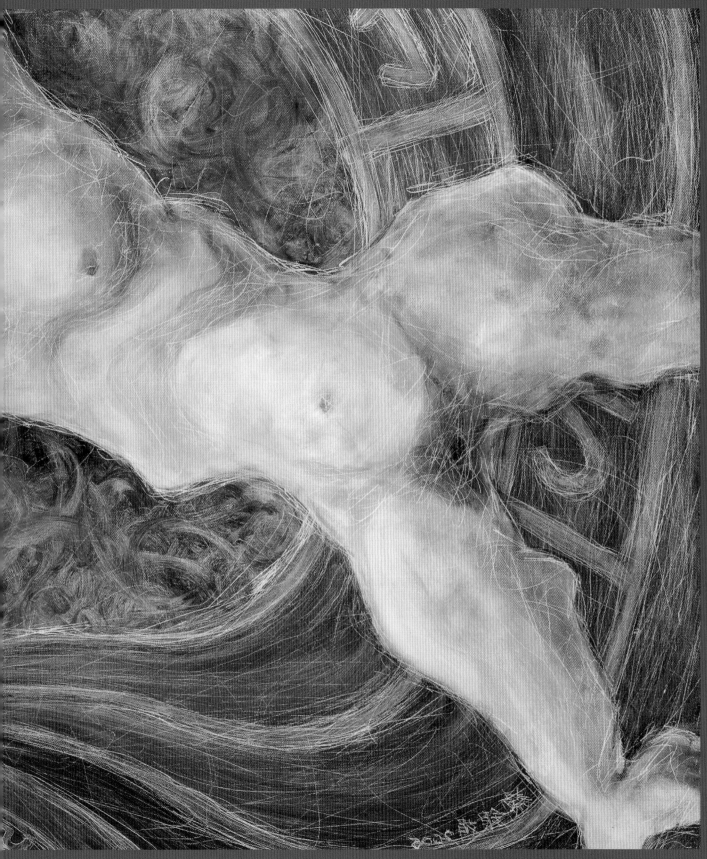

每分鐘都會有孩子挨餓受虐，
在絕望中走向陰曹地府。

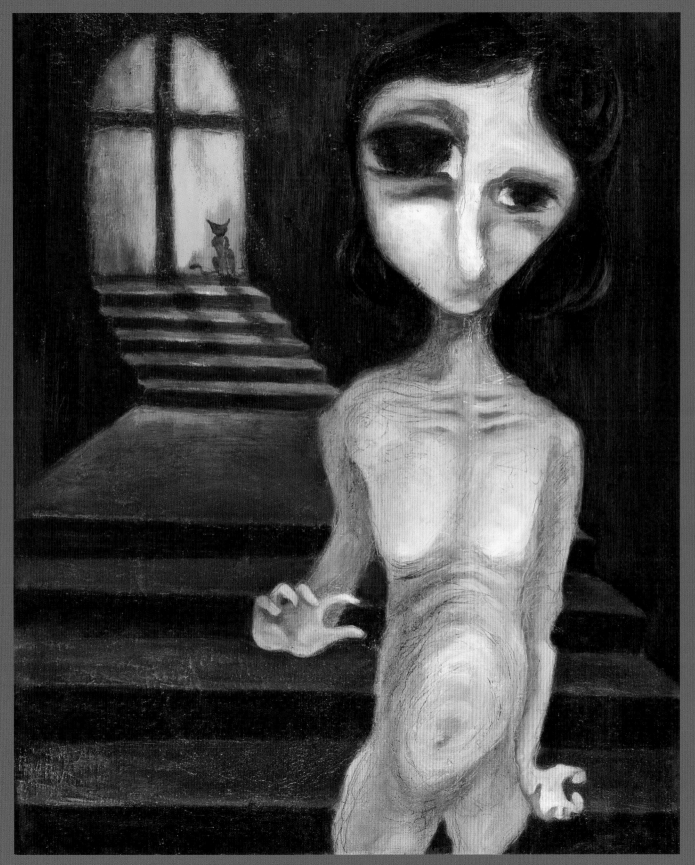

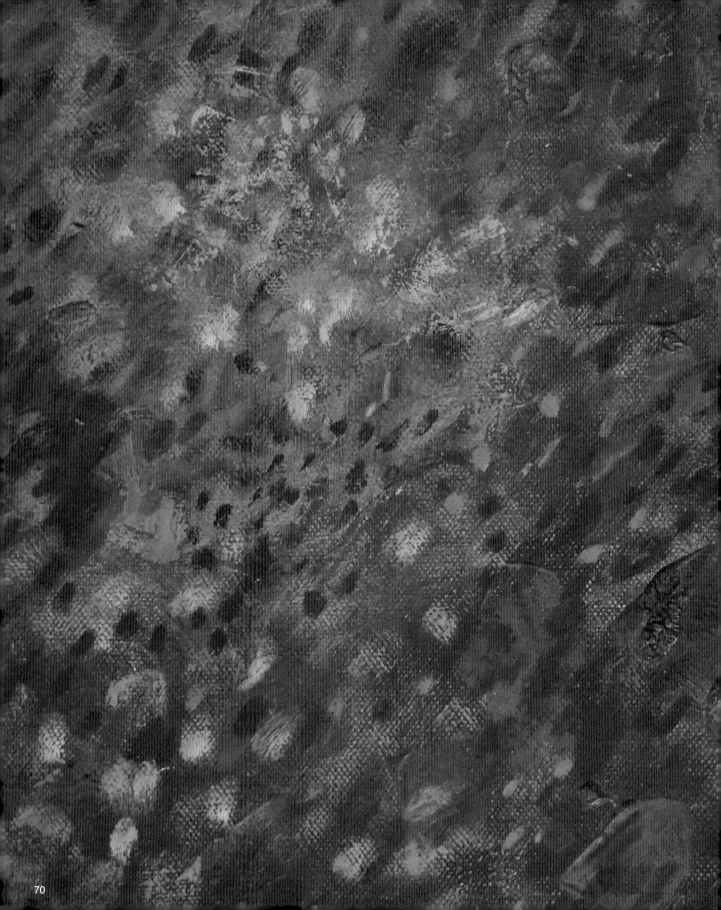

如果我的壽命有 80 歲，

那麼這條人生旅程
也走過將近一半了，

十分後悔

又無從後悔。

我不知要如何

讓你避免重蹈覆轍，

因為我無法逼你
不可以喜歡畫畫，

不可以喜歡小說，

不可以喜歡電影，

不可成為任何領域的藝術家，

像我一樣。

我　無　法

逼 你 愛 我。

我 36 歲的時候，
你照亮我的生命，

我希望你 36 歲的時候，

熱愛生命，

關心弱勢，

但又怕你付出太多，

老來一貧如洗。

我希望能永遠微笑地
支持你與生母的聯繫，

但卻又那麼害怕
自己終究會失去你。

2087 年的時候，
世界會是什麼樣子？

如果一切順利的話。

蔡銀娟

十年前，剛寫完這首詩的時候，一直以為二十年後才能發表，因為我擔心害羞的女兒未必喜歡大家知道她的身世。當時的我想著：等她長大成人、有足夠的力量面對外界異樣的眼光時再說吧。

沒想到，這麼快就要發表這首詩了。

女兒從小就知道自己的身世，知道她的親生父母是誰，也知道她是如何來到我們的家庭。當她開始可以閱讀兒童繪本時，我努力找來一些關於領養的繪本書，睡前陪她一起閱讀，抱著她小小的身軀，感覺好幸福。至今我仍非常懷念她的幼兒時光。

我知道自己的繪本主題嚴肅、畫風沉重，不易銷售，因此多年來一直沒有積極去洽談出版。這次遇到欣賞我作品的知音，才促成這本書的誕生，實在很感恩。然而，是否要這麼快公開女兒的身世？我萬分掙扎，甚至一度考慮用筆名發表這首詩。

只是，出版社最後說服了我。在少子化的現在，我們社會裡有許多苦於不孕症的夫妻，而福利機構卻有一群渴望擁有爸媽的小孩，他們心裡都有好深的缺憾。如果透過我的分享，可以讓更多不孕夫妻跨過心中的障礙、願意領養孩子，相信會是一件很有意義的事情。

所以，在跟女兒、先生溝通討論、也獲得他們同意之後，我決定用本名發表這本書。但女兒在高雄的親生父母的家庭頗為害羞（尤其是他們的阿公阿嬤比較傳統），為了怕造成他們困擾，所以我們暫時不公開他們的相關資訊，煩請大家體諒。

　　如今，重讀十年前寫的這首詩，發現當年的擔憂與不安，許多幾乎已煙消雲散，但現在面臨的卻是新的挑戰，包含 3C 產品的使用與界限等。隨著女兒的成長，我所面臨的親子議題也一直改變。我們不是什麼模範家庭，親子之間有歡笑也有衝突，跟許多親生父母的家庭一樣。但，真的很感謝女兒走入我的生命，她是上蒼賜我的可愛寶貝，也是生命的美好祝福。

　　如果你還沒成為父母，但卻苦於多年不孕，歡迎你考慮「領養」這個選項。也許這正是上蒼給你的生命課題，甜蜜、苦澀又美好的課題。我相信某個孩子正在等待你的出現，而你們將會照亮彼此生命。

　　如果你剛成為養父母，心裡有許多的不安、傷痛甚至忌妒、憤怒，請記得告訴自己，那些情緒都是很正常的。我們本來就不必是完美的父母。心情很沮喪低潮時，不妨找個有同理心的朋友聊聊，或尋找同樣是養父母的朋友彼此鼓勵。

　　最後，獻上我女兒為這本書特別畫的一張圖，代表我們母女的祝福。但願所有渴望有父母疼愛的孩子，以及所有渴望當父母的朋友，都能美夢成真。

2017.4
小猴子

文心繪本

2087年的時候

文字・繪圖	蔡銀娟
主　　　編	饒美君
校　　　對	蔡銀娟、饒美君
視 覺 設 計	郭苓玉
行 銷 企 劃	邱美穎

發 行 人	尹立
企 劃 督 導	王文翠、林尚瑛、簡美玲、陳美英
行 政 企 劃	林美秀

編 輯 承 製	聯經出版事業股份有限公司
聯合文學雜誌總編輯	王聰威
總 編 輯	胡金倫
總 經 理	陳芝宇
社 長	羅國俊
發 行 人	林載爵

印 刷 者	鴻霖印刷傳媒股份有限公司
總 經 銷	聯合發行股份有限公司
發 行 所	新北市新店區寶橋路 235 巷 6 弄 6 號 2 樓
	行政院新聞局出版事業登記證局版臺業字第 0130 號

高 雄 市 政 府 文 化 局

地 址	802 高雄市苓雅區五福一路 67 號
電 話	07-2225136
傳 真	07-2288814
網 址	www.khcc.gov.tw

聯經出版事業股份有限公司

地 址	110 台北市信義區基隆路一段 180 號 4 樓
電 話	02-87876242
網 址	www.linkingbooks.com.tw/LNB

定 價	新台幣 350 元
初 版 一 刷	2017 年 9 月
I S B N	978-986-05-3358-3
G P N	1010601467

共 同 出 版	高雄市政府文化局 Bureau of Cultural Affairs Kaohsiung City Government　聯經出版

2087 年的時候 ／ 蔡銀娟著.
-- 初版 -- 高雄市：高市文化局，2017.09
面；公分
ISBN 978-986-05-3358-3（平裝）
855　　　　　　　　　106015391